雪与铁

SNOW AND IRON

包临轩·著

HEUP 哈尔滨工程大学出版社

图书在版编目(CIP)数据

雪与铁/包临轩著.—哈尔滨:哈尔滨工程大学出版社,2018.4(2018.8重印)
ISBN 978-7-5661-1842-4

Ⅰ.①雪… Ⅱ.①包… Ⅲ.①诗集-中国-当代 Ⅳ.①I227

中国版本图书馆CIP数据核字(2018)第035322号

选题策划 张 玲
责任编辑 张忠远 马毓聪
封面设计 Amber Design 琥珀视觉

出版发行 哈尔滨工程大学出版社
社　　址 哈尔滨市南岗区南通大街145号
邮政编码 150001
发行电话 0451-82519328
传　　真 0451-82519699
经　　销 新华书店
印　　刷 北京中石油彩色印刷有限责任公司
开　　本 850 mm×1 168 mm 1/32
印　　张 7.75
字　　数 110千字
版　　次 2018年4月第1版
印　　次 2018年8月第2次印刷
定　　价 39.90元
http://www.hrbeupress.com
E-mail:heupress@hrbeu.edu.cn

目录/Contents

目录/Contents

目录/Contents

目录/Contents

目录/Contents

目录/Contents

雪　与　铁

当雪在大地铺开，犁与剑的沉着
更像是不动声色。
雪落的过程，和落下后的无垠
没有任何响动

那些铁器，从前何等锋利
此刻，只以斑斑锈迹，和雪
保持着默契

这就是冬天！风在雪上面，跑来跑去
无法吹散遍地银色

即使看起来,雪是轻盈的

铁器,隐身于雪下
但锈迹,铁的一层外衣
可以随时褪下
期待的,不过是某个契机
来一场新的磨砺

这大地隐含的牙齿,会撕碎
踏上来的铁蹄
或者,重铸为一柄
倚天长剑

但现在,只有无际涯的雪
覆盖冻馁的植被
雪之下,散落的冷兵器们一声不吭

似乎等着一个惊天时刻,破雪而出

2017.10.13

海参崴

给导演胡迁

每一天，都是同样的一天
原来，你也这样想

每天，都是这一件事
仅仅一件
其他的，全都消失
就像凌晨的路灯，天亮之前
一盏盏熄灭
既然这样，可以撒手了

你知道自己其实已经死了,能否复活
哪天复活,不再关心
但你
又分明活着,只是眼睁睁看着
自己的死,什么也做不了

为何不选择爬上楼顶,然后一跃
但,要选择一个好时辰
譬如,是个大清早
太阳在远处冒红,像一朵越来越大的希望
你投下去,一个完整的自己
双臂张开
给这来过的世界,一个大大的拥抱

同时,也像腾空飞起
把大地,了却

2017.10.14

有感于青年导演、作家胡迁早逝之讯

小　飞　机

小飞机，不过是一只蜻蜓
不在云朵上停留，而是
穿过它们。一朵，又一朵
最后，我数不过来

风让它飘摇，没有一刻的平息
但是它并不坠落。俯冲
再重新拉起来。姿势，变幻不定
光线、浓云和雨滴，都一一领略了
就像交替体验着愉快和压抑
喜与悲，都挡不住

飞翔的冲动

翅膀是单薄的,有亮晶晶的反光
似乎,折射着灵魂的单纯
此前,我是小看它了

2017.10.10
哈尔滨至海参崴

芭蕾舞班

练功房里的小天鹅们,翘起的足尖
手臂的柳枝纷纷。引颈向上
眼睛,要么望向窗外,要么
倾注于内心。再无旁顾

尘世,已然消失
钢琴师的手指飞舞,伴奏
成为一种指引
舞蹈教师,盯住每一个舞者
每一个动作。她的飞翔,在小天鹅身上
延续。就像她自己,从未停止

窗外，错落的岛屿和大海，干干净净
连接着天空
而天空，蓝色是静止的
听得见小天鹅们，羽翅打开的一阵阵微风

2017.10.11
海参崴

秋天的华山路

秋风代表渐凉的季节,游走在我的毛衣和帽檐上
并馈赠我以飘飞的黄叶、偶尔的断枝
似乎试图打透我厚重的穿着,和脆弱的心脏

大青杨,高且直,像勇士分列两排
护卫着甬道。

红砖砌铺的甬道
窄而悠长,这古典诗词里抛下的一段句子
一路悉心收集落叶

但十字路口的繁华,还是打断了甬道
这僻静处残存的优雅
落叶,就要脱开甬道四散而去
况且,保洁员的扫帚,一直不停地扫来扫去

秋天以大风为前哨,侵入了这片林子
拼力摇撼着树冠们
这些半空中连绵起来的一座座宝塔

林子,用一个夏天支撑起来的蓬勃信仰
枝繁叶茂。其实,经不起风动
秋声大作,慢慢盖过了
曾经的蝉鸣

凋零中的树冠,光秃秃的枝丫
开始裸露出来,像几柄残剑
挑开了天空的腹部

一座教堂的消失

最初,一座完整的教堂映入眼帘

镜头推进教堂内部,烛台明灭,气氛幽深
看得见
牧师的眼睛,和忏悔者流淌的泪水
看得见唱诗班的孩子们
因稚气而虔诚起伏的呼吸

看得见管风琴、条形彩窗和穹顶之上天使的飞翔
看得见教堂的大理石立面、柱石和尖顶
看得见整座建筑,在蓝色天宇之下

清晰无比

然后镜头拉开,建筑变小了
周边的原野在扩大。哦,不是什么原野
是遍地的瓦砾,是大片的废弃地
悬置着一座孤零零的教堂。废墟上的教堂
而天边,正有乌云涌来

镜头继续拉开,雨云布满了天空
压低了教堂,让它置身于晦暗之中
大地,陷入单一的灰色
等待着浇灌吗?或者,一无所待

镜头上摇。教堂,变成了一个极小的点
仿佛稍稍眨一下眼,它就要消失不见

最后,大全景
雨未下,天空只是一味地阴沉着脸

大地愈发收紧,似乎在寻找什么物件
而教堂,已经消失不见

雨　季

雨云在城头堆积,天拉低了自己的宽大帽檐
我试着伸出手去,扯下
云的布匹
反复擦拭窗子,让它和心境一块明亮起来

但是云不肯撤离,雨一直在下
太阳是不能奢望了,那就先让闪电
划开一道迅疾的光明

猜猜是谁的手,执一柄长剑
挥舞于天地之间

云端之上,必有一个气贯长虹的少年
形,不似你我

闪电,挑开漫长的雨季
是谁家的惊鸿一瞥?令雨丝
也在奔跑中,突然
看清了自己,也看清了下行的旅程
从怎样的半空跌落,又
盛开在哪一片洼地,激起涟漪
或滔滔如江河,四处漫延

大街上不见人影,只见
雨衣的闪动,和飘摇的伞
疯狂摆动的雨刷
慌张而匆忙,都在徒劳地躲避,又无法
真的避开
这一场盛大的洗礼

柳街夕照

最后时刻的光照，透过柳叶间的缝隙
点点滴滴，漏到街面
只是些，跳跃不定的光斑
闪耀着温情，里面，藏着绵长的留恋

眯起眼，迎着夕照望过去
整条柳街，都陷入一大片逆光之中
高耸的楼盘，错落成
高矮不一的断崖，呈现出一组组黑色块
柳街，变成深深的峡谷

一排灯杆，挑着红绿灯的眼睛
比夕阳醒目十倍
几只麻雀，在上面大胆蹦跳
嬉戏，还是在抓紧时间寻找食物

柳街的尽头，夕阳如同一种颤动的悬挂
艰难地延缓下沉，一点点
收回金色的光线
像遭受了某种窘迫的压力，慢慢地
夕阳，涨红了脸，同时失去了力气

而天空，随着光斑的渐次减弱
变得愈来愈暗
路灯和车灯，在低处陆续亮了起来
似乎与夕照争锋，却无法抵达
柳街两侧，高高的的树梢

高处的那些柳叶们，此刻并未变黄
依然一簇簇的，像鸟儿敛起小小翅膀
抵挡秋意里渐浓的疲倦。夕阳隐去这一刻
它们便一起，屏住了呼吸

2017.09.23
哈尔滨，傍晚

闪　　电

闪电只是以瞬间,勾勒乌云密布的天空
让我在刹那中看到,阴沉沉的形状
在缓慢中变幻,如同棉田翻卷
然后,随着光的倏忽消失
沉闷的上苍,重又扣上了它的铁色锅盔
让我怀疑,闪电,是否真的曾经划过它的铠甲

闪电的确来过,其速如裂帛,也如飞剪
裁开了湿漉漉的牛皮纸
只是,滞涩的乌云弥合起来
仿佛不曾遭遇这一道创伤

以合谋和聚拢的惯性,化解了闪电的光耀

其实,闪电并不在天外,它继续隐身
于浓云翻腾的内部,于云块与云块的冲撞之间
随时爆发,像一种偶然
又像是黑暗自身,积蓄了叛逆力量

我在地上,看见乌云似乎遮蔽了一切
暴雨来临。但是,请等一等
闪电刺穿雨云,撕开天空
把风景和万物照亮,或许就在下一秒
发生

2017.09.22 晚 20 时许
哈尔滨,雨夜

上班的玫瑰

玫瑰一个人,走过安乐街
街口的副食商店,换成了大型超市
她在那里暂停。跟在她身后的早晨的太阳
一直追逐她,也停住
直直地把光线,打在她的后背上
这个晚秋的清晨有些凉,他要带给她温暖

现在她走过斑马线,穿过一片细碎的树影
太阳紧紧跟住她,他要在开阔地带
用自己的光,罩住她的全部。是的,她懂

她没有打车，她避开车流
她不想过早躲进任何一个密闭的盒子
她要和阳光，彼此相处一小段时间
这半个小时，属于她，和路上的早晨
属于既远又近的那一金色光轮

再往前走，就是厂区大门了，就是门卫和保安
就是打卡，一个巨型容器，布满水泥和钢铁
张着大大的口子，在等着吞下她
她周身的光亮就要被剥夺了，阳光
正被慢慢挡住

幸福时刻，留在了门外和安乐街上
安乐街，目送着玫瑰和她的光轮
相伴而行，直至彼此断开

2017.09.12
哈尔滨，晨

意大利领事馆旧址

这座米黄色小楼，黄昏
也不能令她黯淡
门开着，门楣上，却贴着：闲人免进
实际上，也无人试图进去
除了我

一个风烛残年的贵妇，她的绰约风姿
不改。但是，我为她颓废

万达影院和松雷大厦，地铁站
合谋，围困着上一个世纪

最后的遗存。
米黄色的光影,闪烁在商业的缝隙里

我从滚滚人潮中,闪身而出
举起手机,捕捉
破碎的宁静。这是我唯一能做的
拯救

昙　　花

不可能,漫山遍野去开,那么恣肆
我这一现,只是为自己
和月光相遇。

光在暗夜里
派出一个小小使者,是我
不需要浇水,置身荒漠
我,本是水滴的化身

你看不见我,我
一向开在你的梦乡之外

只和月光,交谈
这足够了,我从未祈求更多

若你带上皎洁的心
赴约,我愿在某个夜晚
为你
绽放

2017.09.12
黄昏

亚　麻　厂

如果步行去看你,无法绕开亚麻厂

其实,它早已经不在了
取而代之的,是大片高层住宅区
欧式尖顶刺破了青天
是迅速矮下去的糖槭,老榆树
而从前,它们高大繁茂,撑起的绿荫
遮天蔽日

对我而言,亚麻厂一直都在那里
红砖宿舍,穿梭着我少年时代的朋友

和打闹的笑声
车间流水线上他们的母亲,如我的母亲
洋溢着朴素的美好
厂区里,那些烟囱和落日,壮观无比
令我想起郊外,浩浩荡荡的旷野

而现在,当别人谈起这里
只是谈论不断攀升的地块,和房价
升值空间如何巨大
他们遗忘得果然彻底

那场震惊世界的大爆炸,看来
炸飞了全部,例如当初的哭泣、悲伤,和
一丛丛回忆的根须
我的偶然驻足不合时宜,像要在沙漠里
垂钓一条不存在的鱼儿

现在，我只能独自驾车
刻意绕过与你有关的和平路、体育场
绕过你近旁，一所当年接收伤者的大型医院
我绕出三十公里
去看遥遥的你，我与厂区
仅存的纪念，你在郊外的墓碑

墓碑四周，战栗着秋天的树木，枝叶纷披
像你十七岁匆匆行走时的长发，遮挡了
你落寞的神情

国际物流园区

数万平方公里的园区，一个人影也没有。
一丛丛荒草，疯长。
我担心，会不会有野狗或兔子
突然从中蹿出

别墅般的库房，鳞次栉比
挂着一块块型材板材的招牌，字体夸张
但油漆剥落，门窗紧闭

钢铁塔吊台，无货可吊
空列着，一个气势宏大的长阵

重重阴影投下来，缓缓移动
像一件件宽大的袍子，张开来
刚升起的太阳，拖拽着这些袍子
去缝合园区内，每一个空荡荡的路口

但这些大尺度的影子
在不断缩短，最终无法遮住荒凉
和衰败。一只从哪儿飞来的灰鸽子
在空地上，独自觅食

厂房、设备、高层办公楼
在死寂中，成为一座座墓碑
大人物的题字还在，只是
字迹模糊，像某种耻辱在慢慢褪色

园区老总是不是死了，或者携款潜逃
我问
门口打盹儿的长者，他一脸茫然

反而大声问我

喂？你——在——说——什——么？

2017.09.08
哈尔滨成高子镇

亚细亚影院

既然,里面已不再放映任何一部电影
为什么还叫这个名字

当年,和我一起观看《卡桑德拉大桥》的女子
消隐在异国他乡。初恋的座椅
早已拆解
我在一层的库房里,看见过它的断肢

亚细亚,支撑你的数根罗马柱,只是支撑着
残破的往事。那家牛肉面馆
将你开膛破肚,吆喝了十年生意

浓郁的肉香,盖过了宽宽幕布上所有的光影

站在你的对面,看不到观众
进进出出了
曾经,巨幅海报
凝聚着半条街的兴奋神经
似乎全世界的风云故事,都在这里上演

现在,正是黄昏,人影幢幢,叠加着走过
模糊起来的你那米色身躯
只有我一个人,一动未动,以内心的指尖
反复触碰着
你斑驳的墙体,和
黯淡下来的红字招牌

手　　机

手机摔坏了,再也没什么消息
传来。淡定五分钟后,凌乱了我

一个下午,就活在自己之中。
而自己,不过是一台
慌乱的呼吸机罢了,心跳如鼓

座机不响铃,一直呆坐,很多年了
偶尔响起,会吓我一跳。
今天,它坚决无声无息
替代品的角色,原来它也放弃了扮演

站也不是，坐也不是
我担心，我已漏掉了整个世界。
而今天上午，我还一直渴望隐入深山
越深越好。此时我揣测
或许王维，其实也寂寞，只是
他不这样写

直到有人冲进来，说手机
修好了。我看见
屏幕重新亮起，酷炫出
一股刺耳的旋律

就像扎了一个过深的猛子
我和这个世界，重新浮出了
水面

2017.09.06
哈尔滨玉山路

最后的站房

他说,这是即将弃用的站房
老墙斑驳,地面积水
今夜,是它的大限

匆匆行走的旅客,懵懵懂懂
穿过站房,如同穿过一个破旧弄堂
缓缓驶临站台的火车,和昨天
一样缓慢

他说,同事们正在新站房集合
没人让他留在这儿

他自己来走走,看看

没一张熟悉面孔,和他撞见

明天,旅客和列车,还有他
将在另一个更加巍峨的屋檐下
开启旅程

一个老摄影师跑来跑去,衣衫单薄
狂拍间隙,停下来问
老站房
还有停靠的火车吗
今晚,还有吗

他发问的声音,显得空荡荡的
老站房没有回答,他
也没有

2017.08.30

途经哈尔滨火车站

溪　　谷

下午,他们都走了
笑声,打闹和窃窃私语
拐过山脚,就消失了
留下静静的溪谷,和我

我和溪谷里浅浅的水,青草和野花
留下来了,多么单纯而完整
此时没有了声响,也无需再说话
就像谁,都未在这里留下痕迹

我,也是一株植物了
这是我渴望已久的事情
头发不再是头发
和草丛一样,随风摇曳
飘忽的意绪,在半空
如同若有若无的雨丝,或者柳絮

溪水这面狭长的镜子,映照着
我灌木丛下的影子,似乎
镜子也呆住了

希望就这样,一直坐到黄昏
影子渐渐拉长,变暗
四周的山岭,像浩荡的马群
飘起灰色鬃毛,慢慢靠拢过来

2017.08.24

农　　妇

秋风是硬的,沧桑的脸和灰白头发
裸露得无遮无拦
清泪,薄薄的冰一样
比村边池塘,更凉

身旁,拄着拐杖的丈夫
寸步不离,望着她
像怯生生的孩子

看来
颤巍巍的他,只有一个她

而她,也颤巍巍的
她又能指望谁呢?

一声叹息,夕阳就跌落了
带着一团泥土

晾衣绳上,几件旧衣裳滴着水呢
青纱帐的叶子们交叠起来,绿中透黄

哪一样,不是牵挂

2017.09.01
明水乡下

哈　素　海

平静的水色,托起芦苇荡
这秋天的舞蹈,徐缓

水下,深藏着敕勒川千年秘密
谁,会带着打捞的心思
前来

大青山,横亘在风沙和草原之间
瘦骨嶙峋,这位老者
还能抵挡多久

一艘快艇，突然蹿出水面
掠过芦苇，撞向夕阳。残红
如血喷溅

水边，铺开一片微微起伏的草原
羊群静止，点缀在晚照中
碑石一样耀眼

2017.08.25
呼和浩特近郊

问　　海

一刻不停地扑打着礁石
海水，你是想上岸吗？

你在喧哗，抑或是呼喊
谁能遏止？

浪奔涌，像无数落水者的手臂
在挣扎，一遍遍抓向天空

那无边的虚无里，真的
藏着奥妙？

大海，我唯一的朋友
能否安静一刻钟，让我听听

你那深不可测的心，到底是
想要什么？

2017.04.06

停　　电

从窗口望出去,还是黑黑的一片
事前是有过通知的
唉,怎么忘了

打火机,蜡烛,甚至古老的灯芯
一切从前与光有关的物件
在记忆里蹦跳
但是,去哪里捕回它们

伸出手,摸索四周
又缩回。何不静坐,甚至躺下来呢?

寻找,是无谓的动作

偶尔抬眼,看窗子能否忽然亮起
好几次,向那里扑过去
驻足许久
继而,是徘徊中的等待
是回到床上的辗转

但祈祷,还是从心底一遍遍涌出
忽然明白窗外,蛙鸣此起彼伏
原来是在呼喊着光……

融　　化

融入海水，可以一尘不染了
远看，已经模糊的陆地
更加模糊
但是，我已不再回望

我用尽一生，试图被陆地接纳
无数次妥协和忍让
甚至，我连自己的耻辱都回避了
它依旧尘土飞扬，飞扬跋扈
据说，这顽固的地壳
坚硬无比

现在，我只身来到海上
送我来的轮船，消失在返航线上

在做出抉择的最后时刻
终于懂得
眼前这片辽阔，其实已等我很久了
他的召唤，我不再辜负

我愿意抛洒一场酣畅的老泪，然后
化作蓝色泡沫
我把遗言似的歌声，托付在海鸥低回的翅膀上
看她擦着海面，飞

2017.08.22
哈尔滨

对　风　说

风,如此焦躁
拼命撕扯裸露的黑土层,像要掀开
大地的心

而大地是迟钝的
草木摇曳,但
一米之下,堆砌着无数石头
从暗处,化解风的力量

风,谁家的浪子,承载着谁的歌哭
走了多少路,还将徘徊多久

下次,请带着火把来
吹不动的草根底下,或许
在期待一场燃烧

2017.04.22
安达乡下

五一的黄昏

太阳的降落,十分缓慢
一寸寸,浸进水中
河面,出现一道鳞状的血色
远处,阴影正在铺过来
覆盖黄昏,席卷起
劳作的白天

祖父和他的儿子们荷锄而行,拖长的影子
比落日,更加疲惫
绿田野的晚风,把他们和草帽
吹回院子,横七竖八

放倒在几株海棠树下
有五谷的香气,从锅碗瓢盆的屋里
飘出

这是多年前的场景,在回忆中
栩栩如生

如今,我推开办公室的西窗
邀请风来
空调、外卖、电脑和手机
统统滚烫,界面和壁纸调出凉爽的风景
全力模拟户外,把搜索来的旧日遗照
设置成,一幅幅
虚假的当下

办公桌边,聚集着一群
更年轻的面孔,和我进行的讨论
正在形成套路

他们活在密不透风的数据世界,从未离开
窗外涌进来的风,似乎无人在意
饱含慰问之意的风啊,只是撩动了
那些纷披的焗油的头发

2017.05.01
傍晚

高铁上的眼睛

透过高铁车窗，你会看见我
专注的眼神，吸纳沿途全部风景

庄稼、树林、村庄、湿地和草原
连接在一起
它们一刻不停，奔跑在我的视野里
如果我不够专注，就会彼此错过

一旦错过，伤心的，或许不只是我
此刻，它们全部是我的痴爱
我用目光一一抚摸它们，甚至

鞭挞它们,但
只此一次

车厢里,人声嘈杂,有一对
恋人的絮语和哧哧的笑,持续很久
望向窗外时
同类,那些起起伏伏的欲望
那些微不足道的涟漪,落在了身后

而窗外,我无垠的心,展开辽阔的风光
和坦诚的大地,水汽丰盈

看吧,浩浩荡荡的马群
就要从那里面
涌出

2017.07.29

奔　　走

不是要去哪里，去哪里都无关紧要
奔走就是全部

堵车了，为什么要反复焦虑
听车载音乐，或者手拍方向盘
缓解多少紧张，就算多少

已经上路，除非倒地不起
生命，便只剩下奔走中的喘息
上气不接下气。戴上口罩吧
肺活量，是你唯一的资本

太阳出来,月亮黯淡
然后,月亮升起,太阳下山
偶尔抬头看看
这一大一小的圆盘,两只催命的钟表罢了

2017.04.30

餐　　厅

靠窗位置,为你空着
等待中,啜饮一杯柠檬

食客们来了,又起身走掉
他们是任何人,唯独不是你

宝岛眼镜店,在斜对面
闪耀金黄牌子
提醒一副近视镜,该换了

你,或许已轻轻来过
又走了

只是,沉浸在和手机的对视中
忽略了现场

剩下两把餐椅
一把带着余温,一把
独自清凉

2017.07.21
傍晚

雨 中 消 息

他在千里之外逝去,老天
把泪雨抛下来,一道道雨线
垂直着
注入大地低沉的心

风,在远处屏住呼吸
不肯摧折直落的雨
同时,让头顶之上的阵阵雷声
更加清晰
那愤怒的嘶吼,卷起千堆雪

然而，大雨中的人们
都低着头，只顾看着脚下的泥泞
在惊恐中奔跑

高处，是那雷声，那飞渡的乱云
以及自上而下
倾注的泪雨
让困在病床上的灵魂，破窗而出

它们和他，在我们无法企及之处
将彼此相迎

而雨中的万物和人，只是低垂着
与倒伏下来的芦苇一起
贴近泥土
发出窸窸窣窣的声响
在犹疑中，放弃了

仰望

2017.07.12
绥芬河

楼顶吹风

我在风的吹拂中擦窗而走，路在消失
云自身就是宽大的翅膀，变幻着无穷形状
但是，他的头部在哪里
鸟儿细小，只做零碎的腾跃，有奋力之姿
缺乏大雁的高度

其实，云也好，鸟也好
只是依托着风赋予的命运
观察很久，才悟出无形的风
无处不在，残羽飘落无数
又被他悉数收走，不留痕迹

看来，风是一直不会停的，尤其
在荒漠扩大的年代，更加撕扯天空
而天空，任其肆虐
蓝色，逃得更远
无论你手臂伸得多长，够不到渐行渐远的澄澈

我飘摇在半空，临窗的高楼
是水泥铸造的枯树，被风的呼啸脱尽了叶子
下面的街心花园，渺小如一眼井台
一株独自曼妙的梨花，依稀可辨

我看见风正俯下身，低低地赶过去
唉，那一树梨花

2017.04.29

写给迎春花

岛上丛林曼延,陷在晦暗的冬季里
裸露的枝干,时有低语
旷日持久的大雪,竟不能将它们
全部覆盖

可晦暗中的林子,毕竟还是林子
不是横陈的戈壁,也不是躺倒的沙滩
是一片林子,就有抽芽吐蕊的天性
蛰伏在
你看不见的等待
和信念中

现在,隐身于林间的迎春花
率先打破沉寂,以一抹耀眼的金黄
预言一般,发出叫喊
昏睡的林子睁开眼,醒了

这时,你分明看见
这一丛迎春花语
诱惑了阵阵晨钟,和钟声里的祈祷

漫过教堂尖顶
和岛畔四周的水,它们
与一簇簇开花的枝头,相拥

2017.04.23
哈尔滨松北区

春夜下的桥洞

一个苍老的背影,拐杖
敲打着水泥地面
像发出
长串的疑问

现在,他穿过桥洞
那晦暗而宽大的风口,在春夜中敞开
令他瑟瑟发抖

你不可能知道,从前的他
一个杀手,手脚利落

一些角落和暗处,他留下的罪证
和斑斑血迹
被时光和尘土,悄然覆盖

这个刀枪入库的杀手,已握不住拐杖
迎风流泪,是否与苍凉的心绪有关?
他不能指望
任何一双援手,从人群中探出

当初他枪柄在手,独往独来
怀着一腔骄傲
这些被他视为无物的
在寒意阵阵的春夜,报复般地
还他以冷漠

2017.04.18
夜

冬　至

明天,太阳会早出来那么一点
只需熬过今夜

最漫长的夜,今世不肯撤离
雾霾,是他的最新伙伴
邻家的病人,死在这黑的最深处
没能赶上好时辰
家人的哭泣,能否挽留住
他破碎的影子

无边的夜,耗费了太多大地上的灯火
失眠,失神,噩梦
迷路者,像一团无法清理的杂乱证据
堆砌于失去行人的冰冷路途
呻吟断断续续,直至
归于沉寂

今夜,依然有人醒着
也有许多人,在天亮之前
又懵懵懂懂睡去

但是,不一样了
从明天起,白昼将一点点延长
夜,不再无所不在
哪怕寒冷加剧,也变得容易忍受

更多的光开始涌入
一份越来越明亮的期待

今夜,我要披衣而起
我将以盛大的不眠,迎接一场
徐徐而来的日出

在机舱里

机舱里,嗡嗡的轰鸣声
慢慢浮现,从机翼下面传导上来
当你聆听沉默时,居然
收获了声响

所以,不再沉浸于心事
请感受邻座的呼吸、鼾声和沉默

沉默,是另一种声音
起初,向内吸附
然后,向外扩张

紧贴着心壁和血管,往上走
它的节奏,越来越强

爆炸突如其来,或者
落地时刻,机身开始震颤
你,才会惊觉
沉默,其实有着庞大体积
反复挤压着每一寸舱体,从未放弃

当沉默发声,令机翼抖动起来
云海在舱外汹涌,似乎天堂的大门外
一片欢呼

春　　分

暖意，从雪水的融化中淌出来
整个大地，开始泪流满面

球休正中的一道金线，分开了南北
温和的气氛，向两边弥散
几乎所有的人，都伸了伸懒腰

太阳，在云层的翻卷之上
需要抬头，才会看见她的和煦
你要睁大一双
寻找的眼睛

互相打个招呼吧
或急或缓,伸出藏在羽绒衣里的手
就如萌芽,挣脱着冰封下的沉默
挡不住的喜悦,即将蔓延成
植被,取代无垠的雪

虽然,你我的眉梢
还挂着些许的
冰碴

2017.03
春分

命　运

一直往森林幽深处走，在前面出现交叉小径
就会遇见。他其实是我
童年的伙伴，或者干脆，是另一个我

我以为，我们早已走散

好多年了，以为他是一位耄耋老者
乱蓬蓬的胡须，面孔模糊
拄着拐杖，磨出光泽的杖身，弯弯曲曲
一肚子神秘的学问
不肯示人，却在林间彷徨不已

口中念念有词，听不懂其中的奥妙

但我这次，发现他了，森林里
谁，遗落一面破碎的镜子，沾满泥土
或者，就是为我而碎，在我必经的路途
刻意扎破，我的脚

我在滴血与疼痛中，拼命擦拭，看见
镜中那个年长的家伙，尘满面，鬓已霜。
而他布满血丝的眼，竟也在探究着我
目光相遇的瞬间，惊觉
命运，原来不是一个陌生人

我和他，终于在小径的交叉点
合二而一。像生者，遇到另一个生者
像少年，遇到了哲人

他在镜中现身,却为何
以枝叶和泥土,对容颜半遮半掩
为表示神秘,还是故弄玄虚

不是的！只是担心
刚刚醒悟的那人,会否因为羞愧
一头栽倒。落木
正萧萧而下

2017.10.14
夜

雪 地 钢 琴

穿过白色斜拉桥,走下缓坡
雪地上的钢琴,覆盖着一层薄薄的雪
像谁家女子,披起了婚纱

琴键隐藏着激情,和乐音,是否期待
寒风那无数莽撞的手指,前来弹拨
或者,某个练琴的少年,偶然从琴边走过
突然驻足,发出一声惊呼
然后,触碰琴键

岛上的钢琴，守在岛上，看取了晨昏与季节
放置它的人们，早已音符般走散
而今，我独自站在琴旁
代替那些落英缤纷的怀念，行注目礼

游人稀少，喜鹊低飞
岛外的江面，托举着长长的钢铁大桥
列车穿梭其上，来来去去，却再无汽笛的鸣叫
似乎为钢琴的激越之声，腾出了时空

这冬日的寂静，看来是一段留白
雪地钢琴，所有人，都在等你奏鸣
岛上的森林，渴望被音乐洗礼
全部沉淀的记忆，要重新发出呼啸

钢琴，响起来吧！

冬天的景深

在雾霾和冷屋子之间
怎样选择
好在,雾霾散了,露出了天空
这冬日的景深

假如,你想看久违的蓝天多么寥廓
在空无中,为眼睛搜索一丝安慰
请逃出房间

朝南的墙根下
几个胖瘦不一的老者

正露出没牙的嘴，抖动着花白胡子
谈论似懂非懂的时事。冷吗？
这是一个相互取暖的话题

高大楼体，多么好的屏障
没有谁，打算再钻回洞里去

日头，这盏黄色铜盘，看不出移动
也决不刺眼，相反
那似乎是和煦的照耀，让他们
萌生一缕初春的幻觉

淡月，如帛

淡淡的月亮，单薄如一页欲碎裂的帛
鳞状云片，长短不一，漂浮在她的下方
想让她，也成为云的一部分

但我还是能认出，她像黛玉一样病了
而她，只是淡着，并不洒一滴清泪

云在变幻，像渐变的舞蹈
月亮则一直是安静的
似乎一缕风，可以把她带走
四周的星星们

却急于显示存在，一闪一闪
拼命眨眼

早晨开启，淡月
守着一份出奇的平静，对太阳入侵天宇
无动于衷
你甚至无法捕捉，她最后的身影

她一直这样淡淡的
在高处，看尽了山河

2017.10
哈尔滨，一个月夜

失语的冬天

这是清晨,通向无轨电车站的路上
一丝风也没有,只剩下
干巴巴的冷

杨树枝上的叶子,居然
浓浓地绿着
这些坚强的叶子们,用什么法子顶住了
一波波浩荡的北风
在枝头,取暖似的,默默簇拥
像受难的幸存者
只是,不再发出响动

似乎稍稍出声,就会周身震颤
脆弱的枝条,已无力承受
即使每一片叶子,都轻如羽毛

路边的博物馆,大门紧闭很久了
像一个迟暮的长者,待在独处的日子里
沉默中,任你领悟,或者从无领悟
多么渴望,一群街头坏小子
前来,调皮地擂门,门环被突然叩响
铁皮屋顶,光滑得无法攀缘
而四周的高层住宅,纷纷向它投下重重暗影

这是星期天的清晨,冷寂中纹丝不动
风,逃得不见踪影
冬天,连同它的冷酷
失去了语言,甚至无法命名

在去无轨电车站的路上，冻得伸不出手
这莫名的冷，令我猝不及防
我的褐色手套，此时躺在卧室抽屉中
等着被翻找出来

初冬的雾霾

季节,本来没有冷透
落叶堆积,大地铺满了黄金
又像大群的黄蝴蝶,栖落
可否把这时的冷,当作深秋的凉,在加深

好多年前,这个季节的天,是干净的
一尘不染。白云化作羊群
放牧在悠悠的天幕上。晴空一鹤
排云直上碧霄

那时的雾,点染着淡淡的清晨
像薄纱,裹挟着上学路上的欢笑声,飘远
我,曾是其中的一个

如今的初冬,陷入雾霾
拔不出自己,模糊了与晚秋的边界

让寒风快点来吧,吹开这糊涂的黏稠
这大片的浑浑噩噩。把凛冽
带给世界,这最好的清醒剂
将是深冬独有的馈赠

一场带着寒意的透彻,终将洗涤肺腑
让你大口地呼吸。
走啊,到深冬里面去

雾霾的中午

雾霾中的太阳,是红色的
红得柔和而亲切。而这时,还是中午。

我指给身边的路人看,人家停住匆匆脚步
一起仰望

灰色的道路,站满了抬头仰望的人
个个戴着口罩,指指点点
惊异,而迷惑
这正午发生的奇迹

不像太阳,更像一枚红月亮
蹒跚着,在雾气缭绕中
提前走上了天空

窄街上的雪

推开门,一条拥堵的窄街,横在面前。
汽车堆砌,这些钢铁的聚合
随时会蠕动起来,事先,看不出征兆

行人,低着头,寻找着落脚的缝隙
眼睛的余光,警惕地瞄着四周
唯恐出租车从暗处,蹿出

这是夜晚。在路灯投下的一小块光区
雪花在旋转,亮晶晶的。北风吹着
它们以相同的弧度,倾斜成一道道丝线。

光区之外,仍然黑乎乎的,深不可测。
初冬的第一场雪,就这样突如其来

局促的背街,杂乱而黑
幸亏路灯,照亮了这一片雪的飞瀑
令推门而出的人,稍稍涌出一丝
莫名的兴奋

想　　念

你的眼睛那么大，而清澈
当你穿过树林、草坪和人行道
奔向我

我俯下身子，张开双臂
就像从前，经常做过的那样

而汽车突然冲出来，结束了
你的奔腾

至少最后时刻,你是幸福的
灾难发生时,你并不知道发生了什么
黄昏,都没来得及覆盖
我的惊叫。而你,未发出任何声音

拐杖、落叶和公园的木制长椅上
那个枯坐的老妪,是我
而且,一直是我

十年了,拉布拉多
我这颗落日的心,已沉入湖底

夜 里 的 海

落日，正在把大海的蓝色
慢慢收走
波涛晦暗下来，陷入低语
似乎在争执什么。但你从中
打捞不出一个完整句子

夜幕和海面连成一体，这灰色丝绸
抖动着，释放出巨大的神秘
惶恐，感染了岸上的森林
令它们，聚在一起，模糊一团

沙滩上的游人,陆续撤离
连脚印都带走了
晚风登场,渐渐放大了呼哨
与涛声,形成合奏

更高处的灯塔,亮得分明
一束光,越过黑色森林的头顶
射穿了夜
一艘轮船,从无边的暗处,推开波涛
浮现出来,汽笛却没有拉响

郊外的稻田

我往前走,路便向后退去
城市,也向后退

我不打算掉过头来,那样
路又倒过来,向另一个方向
反转
我和城市,又会迎头撞上

我只想背对着城市,往郊外走
稻田,在我眼前徐徐展露
我走近一步,它就放大一点

一幅金色的画面,在地上打开
似乎手指上挑,它就能悬挂起来

我的眼睛,省略许多
譬如塑料袋的纷飞,裸露的尘土和碎瓦
稻田边缘,几间低矮的房舍
甚至,雾蒙蒙的天空
我也省略了

我只是对那一方稻田,目不转睛
它和池塘相像,就要泛起波纹
很安静的样子

这是当下,我唯一的风景

风

风从海上升起
以前,我一直不知道
海,是风的故乡

云和雨滴,是海给陆地的馈赠
风,是海的信使
一路上,他裹挟着充沛的水
被滋润的陆地,似乎从未给予了解
一味地,随意辽阔

风,是穿行于天空和大地的
他从未停留,怀着一颗不羁的心

遇到山和墙体,还有沟壑
风,只是弯曲出一个大大的弧度
就像猫和老虎,弓起脊背
然后,抖落尘埃,和小小的疲困
沿着最初的方向
继续

他一路上的怒吼,和低语
海是明白的,但是
海离他越来越远, 像母亲一样遥不可及
陆地,和上面大大小小的生物
要么与风纠缠,要么绕开他
风,浪迹在灰黄的路途上
一生,无法遇见朋友

风,便只有哭泣了
一个流浪汉,就这样慢慢生成
隐约可见,他衣衫褴褛

现在,他来到我的窗外
就像从前做过的那样,一遍遍
摇撼着窗棂

闪离的鹰

一块黑色石头从高处向草坪砸下来
眼看就要落地
却又猛地直冲而起，掠过草尖
——哦，原来
是活生生的一只鹰

他为何俯冲，又急速回返
是误会了什么吗，还是懊悔
或者突然醒悟

他的果断离去,如钉子折断
仿佛迅速修正一个错误
每一次有限的挥动,都那么有力
惊散无数尘埃

重回天宇,那才是他的世界

现在,他闪离大地
天空中,你也无法觅见他的踪影

这样一个铁打的朋友,此生
不再回来

2017.10.26
晨,上班路上所见

死亡车库

从晚九点到凌晨一点,他得以静下来
四周也静下来
就好像挣脱了外面的世界

车库里,没有一点声音,没有一丝光亮
思绪解放了,直走天涯

现在,他走远了,身影消失在你看不见的地方
谁也休想打扰到他,休想

白昼,正从外面急切地扑进来
带着无孔不入的灰尘,和无边的嘈杂
但是太迟了,一位英雄已经离场
你再也污染不到他的灵魂

星光,正从天幕的边缘隐去

2016.06.27
祭一位北京逝者

天亮之前

天亮之前，我已无法抵达

被一步步踏过的路面，我请问
你感到寂寥
还是欣喜
沙沙的脚步声，是否构成交谈

我停下，路在身后躺倒
再不发一言
黑夜
从更远处赶来，覆盖我

我在大地上哭泣,谁会留意
星光和月色,单薄而遥远

远处的庄稼
自顾自地生长,不再记得
被播种的早春日子
风来过,带走了露珠和晶莹
剩下枯萎的叶子,和
一个萧瑟的行者

路上的人,不是我吗
路和庄稼
都在刻意忽略着什么

天亮之前,我已无法抵达

2014.11.28
哈尔滨

我们都对命运一无所知

灯光熄灭，转入暗场
黑暗，蹑手蹑脚地进来
卧伏于我的身边

这安静而高贵的黑暗，竟有着
天鹅绒的质地，吻合了
我隐隐的期待

主人公的命运，就是
我的命运
我隐隐的期待

爆米花与饮料,迟到者
碰撞座椅发出的声响,加深了
悬念将临的紧迫

我全神贯注,渴望被银幕
彻底征服。对自己
我已无奈太久

坐在温柔的暗影里
就像躲入黄昏,无风的山谷
与世隔绝
主人公的命运,就是
我的命运

他的悲喜,全部生发于
我那固有的灵魂
而此前,我竟一无所知

片尾字幕,最后的定格
让我的若有所思,或者泪流满面
在灯光亮起时,顿显尴尬
仓皇间,弄不清自己

走出影院,我重新迷失在大街
炫目的光亮之中

2014.04.18

站在远处的人

生活,那里面
摆满了坛坛罐罐,优美的瓷器
那里面,人声鼎沸
我对这些,持一点虚无

是谁的手,从生活里伸出来
一遍又一遍,把我拉回去
每一次,都带着温情的粗暴

我乐于站在生活之外
远离焦点、聚光灯和漩涡

打量芸芸众生

如一位长者,在堤岸上
静观大水翻腾,浪花起舞
与他毫不相干
点燃一支烟,哪怕冥想时
烫伤手指,身心为之一颤

然后镇定,看日子前行
自己遗世独立

2014.03.30

隐约的回音

是否躲在云朵后面
或者在雨天，藏身于
无数水滴之中
或者，高踞于雨云之上的天堂
峨冠博带，手指
轻轻捻着胡须

当天地失色，是否又转向
夜空之外
闪闪星斗，只是他神秘的眨眼
似乎在努力辨认

这,是不是我创造的那个宇宙

当你伸出祈求的手
呼喊
却相隔幽远

一直等待
回音,那份隐约的抚慰

2014.03.10

天空，越来越低了

我了解越多，越是无能为力
就像这老天
一直阴沉着脸，但我
无法打开天空

雪落下来，我也不能制止
它们跌落在窗台，再不能返回高处
这不间断的
跌落

鼻尖,压平在霜花玻璃上
足足三分钟
鼻子发酸,似乎要逼出泪水
童年的味道,似乎在慢慢回来

有人打断我,来到客厅
和我,做了一下午的朋友
却不留意糟糕的天气,和雪
又匆匆离开,还把话题带出了户外
飘散,如同从未交谈
客厅和我,恢复了空空荡荡

天空,在云的拉扯下
越来越低了,混沌的夜
提前潜进我的
眼底

拧亮台灯,这一柄
倒插在暗夜心脏的匕首
明晃晃的,看看它
能让什么样的血色,一点点
渗出

失　　眠

我放任着失眠,这个夜里淘气的孩子
四处乱窜

外面一直下着雪
在路灯的光柱里,雪和失眠彼此照亮
其实,我并没有什么心事
需要袒露
这重复的日子,这雪夜的深不可测
让我放逐了这份奢侈

在书房和卧室之间,走来走去
床,不再是一种诱惑了
失眠,像嘹亮又固执的歌声
雪花,为他起劲地伴舞

我的眼睛是否失神,反正
并不试图看到什么
只收容越来越庞大的寂静

失眠,我把它当成破损的镜子
照出了
世界终止时的模样,它与黑夜合体
以沉寂示人
盖住四周全部的声音,唯有
一个人的喘息,泄露了
活着的秘密

江边的思绪

江边,列队而立的楼房
仿佛卸载的集装箱,再也不走了
失去的火车头,在哪里呢?

这些屏风,阻挡了风的上岸
天际线,正在被一一绷断
像不规则的锯齿,咀嚼着树木和草坪
也像垛口,吞噬了晒网和踏浪的日子

谁能挪开这一组笨重的体积,让江面
豁然敞开,让呼吸的沉吟

吟出一支扬帆的船队，顺江而下
李白衣袂飘飘，突然出现在甲板上
凭空举着酒杯。而诗仙的周围
江鸥翻飞，似雪

我则以青草的力气
从集装箱堆起的废墟里，张开
轻摇绿色手指
喊出微弱的声来，向江心
致敬

扫　　帚

半空中,突然出现一只巨大手掌
狠狠摁下落日
天,黑得比往常更早

隐去面孔,隐去身躯
只是无头长臂在挥过来
又挥过去
像一把了不起的大扫帚

卷起尘土,风暴骤起
星星纷纷闭上了眼睛,然后

陨落

月亮惨白,躲在整座森林的后面
不敢升起,这静悄悄的女子
更加怯生生

她不懂
巨掌,从哪里伸出
为何挥动不已,似乎
还喘着粗气
到底要挥落些什么呢?

她不敢探出头去,看个究竟

父　　亲

你在病床上的每一天
都在让时光倒流,仿佛另一种重生
已经开启

亲人的泪眼和呼喊,是遥远的
你独自纯净

你病中的微笑、体谅和谦和
无论对护工,还是对儿子
都让我们手足无措
仿佛昔日过多的严肃和不苟言笑

让你充满歉意

你突然而至的平静,正在化为一汪深潭
清澈见底,里面,似乎游动着金鱼

是什么,让从前威风凛凛的山,变成了潺潺的水
在山水繁复之间,有一段怎样的颠覆
惶惑中,我们失去了答案

不再翻山越岭的骏马,止住了风
鬃毛披挂下来,遮住汗津津的前额
那是你,曾经的时光

而现在,病榻辗转,无数个颠来倒去的晨昏
让你,成了一枚树梢上的月亮

淡淡清辉,照彻了群山

2016.06.29

早市上的画家

瘦瘦高高的男子,与他单薄的画架
插在早市摊位的缝隙,像一柱
缭绕的沉香

他勾勒着蹲在地上叫卖的小贩
歪斜的三轮车,新鲜豆角
和邻家大妈的宽檐草帽

他这样勾勒过发黄而脆薄的书信
剥落的壁纸,破败的土墙
勾勒过被踩扁的啤酒罐,脱漆的搪瓷缸子

垃圾箱里的花盆残片

和旧物们在一起,是否
他也成了旧物,却站在一抹晨曦里
站在喧哗的边缘,和假象的后面

那些消逝的,其实一直活着
那些残缺,其实一直完整
那些被你们抛弃的,他一直跟在后面
捡拾,像拾起你们的
一个个过错

我想走过去,致意
要是拍拍他清瘦的肩
会否溅起岁月的尘埃,纷纷扬扬
令我的眼,眯缝起来

然后,老泪纵横

2016.06.25

被波浪抛回岸边的人

他端坐岸边,一动不动
置身于时间之外

但时间,这柔软的水
正漫过沙滩,这一片黄昏的前额
漫过他褐色衣衫每一道
倾颓而下的褶皱
和沾满尘土的鞋子
像无声的亲吻

然后，绕过这化石般的身体
继续走远

江帆、风声和过往行人的笑语
也一一走远

他眯缝着眼
不过是在晾晒一生的自己
斑驳的回忆，袒露无遗
除了回忆，他还剩下了什么呢

是被风浪抛回岸边
或者是，自己就要远离风浪
就这样
端坐于落照下的沙滩
一动不动

任水面辽阔,江岸绵长

2014.06.05

母　　亲

时间的落叶
渐渐堆叠出母亲的愁容

曾经,屋后的柴垛
抽取一缕缕干草
每天,化为微弱的灶火
燃不尽
笼罩旷野的贫寒

羊群清瘦,翻越墙头的豁口
找寻青绿

外祖父带着他的大狗
在碱蓬草浪深处走动

母亲说，昨夜又梦见了

弟弟把陈年旧照
翻拍成挂历，挂在
母亲卧室
早上醒来，就可以看见
可是
弟弟看不见她欣慰的笑容

窗明几净，阳台宽大
母亲整天坐在那里
一言不发

为她泡好的茶，总是
慢慢凉透

茶叶在杯中，轻轻漂浮
然后静止

她这一生
未能从往事中醒来

2014.04.12

一 盏 葵 花

假如不能直视你的泪水
我的目光
该避往何处
手指无措
轻轻腾挪于键盘之上

风暴
是否已去往另一片大陆
席卷了
那里的房屋和行人
剩下废墟和纸片

而在万里之外的此处
我端坐不动
心,却如明镜

旁观者能看懂些什么
不过是
一个沉默良久的人
独对门庭

当所有身影都消失于走廊尽头
我缓缓摊开双手
托住埋向桌面的疲倦的脸

如一盏
无法追逐日光的葵花
瑟瑟凋零

2014.04.11

逝　与　生

他搭乘航班
去而无返
落脚海上，一片将他吞没的蓝

那曾经的容颜
照亮过苍穹

如今，走廊和电梯里
不再有他的身影和笑声
他曾拥有一个亲密的人群
现在，接纳了一个替代者

新人,笑眯眯的
任谁说起某段往事和某一个人
他懵懵懂懂

作为残存的小小证据
他活在某位女人隐秘的心事里
活在幼儿园,一个三岁男孩的眉眼之间

2014.03.08

出 走 的 人

❶

大陆季风在你身后扑倒
跌落于海岸这边

枫林携手
敞开绵延的火红峡谷
洗涤你征尘万里的肺叶

可是你
依旧没能逃出自己
最初的内心

❷

这秋意深深的抵达

远非终点

不过是

落叶遍地的一个驿站

跑完长途的马儿

刚刚卧伏在地

另一匹

又被牵出马厩

缰绳与配鞍

重又递到

你早已勒出一道道血印的手中

❸

熟悉的门

在你身后纷纷关闭

天窗

将在意想不到的高处

开启

翘首时,你才会看见惊喜

屋顶之上

一道光亮

无须一味地等待

掩映于雪地深处

那曾经的悠悠钟声

再没有敲响

❹

大洋

撕开了两块犬牙交错的陆地

天空,却连成一体

托举着大大小小的飞翔

满足着各自的方向

所以,腾空而起时
你不必惶惑
请相信,几分钟的颠簸之后
平静,将如同一份礼物
徐徐落进
你的心中

2013.11

窗外的鸟儿

横着铁条的窗内，那人在盯着我看
他目不转睛，身体一动不动

站在窗边浓重的阴影里
他的目光射出来，就像黑暗的一部分
挣脱了黑暗

不敢确认，他是否真的还活着
他的眼睛似乎专注于我，薄薄的嘴唇紧闭
甚至，不曾咳嗽

但有急促的呼吸,和心跳隐隐传来

我在冬季干枯的枝头腾跃,偶尔鸣叫
甚至停下来,歪起小脑袋
几乎,我是在搔首弄姿

似乎,我这小巧的身形,是他
不能错过的,一场盛大歌舞

我是否该狠心离去,又该何时离去
我的离去,是否会让那尊入定的雕像
在枝丫空空的颤动中,颓然坍塌

我独来独往已经许久

因为远离海
这儿的风和黑色街面
一样艰涩
我渴望那站在海边的楼群
脚下和头上的天空都是蓝色的
那些古铜色和非古铜色的人们
同海风一道
无拘无束

当然有沙滩上的徘徊
以及呛水的时刻

可是我去意已决

朋友们消失于一幢幢无名的蜗居里
偶尔在电话里相见
深情渐渐消隐或者含而不露
我独来独往已经许久许久

除　　夕

窗棂上的红灯笼
这悬挂出来的喜庆,正卖力提示
幸福的醒目

左邻右舍,也这样想
于是竞相悬挂。城乡
红火一片

家家门楣,贴着新鲜对联
任风吹,那两行不变的约定俗成
重复无数个年头的词句

从未被重新斟酌

爆竹震耳欲聋,声声脆响
到底要表达些什么?
零碎的纸屑,瑟瑟于
高低不一的雪堆上,等待明晨
被彻底清扫

烟花照亮夜空的凌乱
心,跟着盛大起来
并渴望一路追随。但是它的陨落
过于迅疾,我只好把目光
再抛向另一高处,好抵挡
失望的上涌

男孩子们,一直是欢叫着的
不断拾起遍地的烟头
全不顾郊外冰河,躺着

无边的冷清里

我假装开心,笑啊笑
还摆动着,枯燥的胳膊
看上去,就像年轮模糊的
一株榆树
站在除夕夜里

2013.01.30

窗外的秋天

一层玻璃,把秋天
隔在了窗外

长街的灯杆上,矩形的旗帜一字排开
和车阵一样,望不到尽头
风,一定很大
不然,落叶怎会如褐色鸟群
纷飞

我的身后,是病床,是病床上的父亲
是他偶尔的咳嗽、呻吟

一把年纪,压缩成一张小小床位
和床头名签

他的块头,曾经何其威严
从未想过会轰然倒下
他的名字,多么神圣
至今,我不敢读出它

现在,他竟轻如一枚松针
落在病床之上
颤抖,也如落叶
我,止不住自己的诧异

站在窗前,目光
垂落于父亲之外的任何一处
无语之下,布满了回忆和疑惑
室内,安静得几乎爆炸

一朵洁白的身影,更换袋装输液
一双纤纤素手
似有若无,却给出了某种暗示
仿佛过去和未来
正于现在之中,发现了彼此纠缠的影子
并且,泪光闪闪

风声带雨,擦拭着窗子的明净
室内室外,时间已很深了

2016.10

一场小型展览

这是一个小型展览,集一生的搜罗和爱
拼尽全力,为何像一场
谢幕演出

每一个络绎前来的人,都是他珍藏的同道
似乎要在今天,陪他
登上一座巅峰,簇拥着诗,纸张和笔
共同迎着浩大的山风
吹彻心情

当一个人的珍藏,走进展厅
就打开了,另一个世界
那位从偏远小镇走来的收藏者,拖着病身
找到了共鸣和默契
只是,路途遥远,它们都来得太晚

这份收藏后面的痴绝,注定耗完坎坷的生命
他几乎站不住了,却谢绝
一双伸过来的
搀扶的手

人群的潮水向藏品涌去
他,原地不动
四周形成的空地,成就了一个舞台
独自站在那里,他像一个深沉的男主角
不发一语,令他此生付出的痴爱
披上了尊严和神性

整个展厅,光芒四射

2016.08.04

哈尔滨

洞　　口

从幽暗的昏睡中睁开眼，朦胧无光中
重新认识了彼此
可你我，并未真正醒来

其实，天已大亮
走在太阳下的人们，在交谈
高声，或者低语

树在那群人的身边，打开了绿荫
伸开腰身的花儿，恣意开放
草坪，奔腾而来，等待着儿童们的赤脚丫

上面,缀满了鲜亮的露珠

那是远处,一个看得见的远处
有些迷蒙

你和我,坐在洞口
中间,隔着无法跨过的悬崖
隔着深渊。除了眺望
还是眺望

可以竖起耳朵,或睁大眼睛
把你看见的,和听见的
如一枚枚金币
悉数投进,储藏室一般的心
深深,如入无底的井
连接着地下,纵横奔突的河流
期待着,激越的回声
遥遥传来

而洞口守候的狼群
让严寒更深，它们有时肃立
有时走动。目光始终警惕，而敏锐
随时扑上身来

你徘徊在洞口的表情，和动作
在经历无数次沉思之后
陷入静止

虚无的麦田

其实,看不见什么骨头、芦花
也没有麦穗,一望无际的麦田
只是上个世纪的遗照

眼前,起伏涌动的沙丘
这正在消解的大地肌肤
毒辣的日头,不放过
它的任何一道褶皱,或深或浅
无不烫伤

几条蚯蚓，弓着腰
究竟
能寻觅到什么
无论多么执着，他们都是孱弱的
无论怎样寻觅，都将一无所获

而我就要倒下了，旅途
将不得不收留
一个不再徘徊的人

这被暴晒的旅者，几近赤裸
正在挥霍
体内最后一点水分和钙质
然后，折戟沉沙，销去铁
让灵魂，轻盈地飞走

2016.06.23

整个下午的林子

并无松涛的沉闷滚雷，一阵阵
压低黑色云层和天际线
有的，只是树叶们的呻吟、耳语
和微弱的叹息
是几只松鼠
无来由地跳来跳去

日光破碎，无法拣拾
它们在晃动中，照亮腐殖质的深厚
那尚未完成的腐败
让踩踏下去的双足吃力许久

拔不出来

寒风来袭,它首先摇撼一棵边上的小树
然后,剧烈的动荡
传染了整个下午的林子

不知要过多久,才会安静下来
而恐惧,如同
刚刚忍住的尖叫
藏在一片阴影的飘忽不定之中

2015.01.26
哈尔滨

雪屋之夜

那间茅草屋,远远看去
仿佛
一盏纸糊灯笼
在隆冬的原野上,飘摇

煤油灯芯
这微弱的召唤
突破了暴风雪

深夜火车,放下小小的我
然后,如一团浓重暗影

沿着铁轨
继续着下一段
迷蒙的旅程

天空,关闭了星辰
而雪地,竟是如此明亮

母亲的白发隐于灯影之下

耀眼的雪

几十年过去
那个雪夜
苍茫如一脉冰川
在记忆的宽屏上,隆起

2015.01.15
夜

隐秘的归宿

红叶,黄叶
这一簇簇秋天的火焰
在树冠上燃烧

风,却来劫掠它们
火焰,于是化作纷纷的飞蝶
低低落下

仿佛大地深处
藏着它们隐秘的归宿

树干眼睁睁看着叶子
慢慢耗尽最后一滴绿
直到以这样的血色和沉吟
与它诀别

2014.10.12

虫鸣擦破了山岗

我用整整一个冬天,等待阳春三月

如此漫长,以致我都忘了
三月,究竟是什么模样

试着伸出手去,无法撩开雾凇垂地的薄纱

我终于变得疏懒,就把自己留在冬天吧
春水上涨,断开了冰的记忆

森林浓郁起来,不再是
萧萧落木,支撑着天空走远

虫鸣,擦破了舒缓的山岗

2014.03.25
晨

三月十七日的雪

忽然扑落的大雪，唤醒了
见她一面的欲望
穿过漫天雪雾
所有肮脏和琐碎，都已隐去
就像它们，从未来到世上

这洁白，无论多么深厚
都是单薄的
无论多么广阔，都是稀缺的
要握紧
这突如其来的最后一场馈赠

披一身雪，去看她
仿佛从头到脚，都圣洁如初

雪，恰好期待着一个行者的身影
急切的脚印，留在雪地
那柔软得近乎慈悲的胸膛
它将欢喜

走在雪中，她是否已打开
密闭了一个冬天的窗子
放飞梅花的邀约

那一簇火
在雪的半空中燃烧

2014.03.17
中午

马　之　殇

走了很远,又折回来
看看我最后的马儿

这令人蒙羞的土地
吞噬了所有奔驰如飞的生灵
藏身于
水泥和钢铁盒子里的四肢
机械地摆动
硕大头颅
怀念一骑绝尘

雾霾

谁能扯下这巨大的遮羞布
反复擦拭污浊
让依稀的蹄痕,渐渐显露

拍着卧倒的马头,眼看它奄奄一息
长长的鬃毛四散开去

它驯良的眼睛
留不住和我共同拥有的短暂时光

疏狂的国画神骏,龙马精神
落墨为一纸
招魂的春联

2014.01.14
马年前夕

无法泅渡的雪幕

我能否穿透
眼前这厚重的雪幕
到春天里去

这白茫茫的一片无垠
似乎无法泅渡
宽阔得看不到彼岸

在我前面,陆陆续续
融进雪幕里的人们
渐渐消失,从此再无消息

我揣测
蓬勃于彼岸那个无法看到的春天
会有绿茵茵的草地
就像英格兰庄园四周的风景
向着天边徐徐铺展
不能穷尽的绿色波涛
一簇簇藏在草丛中的五颜六色的花朵
摇曳和浅笑在一种和煦的风里

可是我在雪幕这一边
被严寒打透的双腿
步履蹒跚

春天,就那样在彼岸无忧无虑地生长
能否,她能否有足够的感知
给雪幕这边渴慕的跋涉者

一个付出巨大耐心的
等待？

白与蓝之间的空旷

雪花带来的只是一场沐浴
头上
是瓦蓝的冰

凉丝丝的触觉
如景泰蓝惊艳的肌肤

大地银白
是一笔无法继承的遗产
渗透,或者挥发
最终,都不留下痕迹

感恩的,或许只有下一个季节的植被
而他们
又从不言说

抬头,红日远远地镶嵌
在榆树林后面的沙堤之上
好奇地瞄着
一直独行的雪狐

天地间
这白与蓝的巨大空旷
容纳了
自由呼吸

2013.11.30
清晨

有一种银色的波涛在荡涤

雪以辽阔的覆盖
消弭了平原、山岭于人间全部的凌乱

宁静
有一件美妙而单薄的衣裳
叫作:雪

天使在上苍祥集
容颜成为难以窥见的神秘
只见白羽纷披
以云团的方式

从远方而来

当她们从高处纷纷扑落地面时
圣洁
就成了你看得见的
唯一盛大的景象
丑陋和肮脏
终于遁形了
虽然隐隐地知道它们还藏在某处
有一天
会像大大小小的黑色礁石
一一浮现
但是也正因此
我们尤其珍贵这个纯洁的时节
就像珍惜一段
终将远去的初恋

与冰清玉洁重逢何其奢侈
寒潮和凛冽来袭
请不要抱怨
这无可回避的代价

雪以无边的洁白
释放了城市与田野内心
郁结了许多的浊气
这满眼起伏的一种荡涤

茫茫心宇
被一场又一场大雪所清理
还原一片澄澈
倒映着蓝色天空

那在遥远的雪线上跳荡着的一轮红日
是谁的一尘不染的心

成为冬天大幕徐徐开启时刻
一枚燃烧着的红宝石

清　　明

霸气的冬天
占住了清明
春怯生生的
只把后半场的落雪
偷偷变成雨丝
而岸上，一团垂柳拂动
像走远又走来的祖父
捋着长长胡须

祭祀也好，郊游也罢
杏花酒幌

从杜牧诗里探出来
招摇至今
一年一度
用大约两个时辰的微醺
模糊了生死

我猜是生者和逝者
各自给对方一个小小的提醒
说清明的降水
不过是一道宽宽幕帘
上面缀满雪花与雨滴的图案
垂挂在今生来世的门槛
任你
穿梭

2013
清明

暴 雨 之 夜

闪电,亮闪闪的一瞥
刹那间照彻
黑夜。楼群
城市的骨架,像一座座
耸立的危崖,撞响了奔雷

碎裂的雨的陨石
倾泻。桥头
横七竖八的机动车
如同钢铁的尸体
每一个藏身其中的人

龟缩。雨刷仓皇摆动
疯狂的双闪，风挡
后面一只只模糊不清的镜片
本已习惯暗夜，却惶恐于
天怒中雷雨的狂欢

九级烈风的发作，席卷了
枯枝病树，破败的窗棂
人心的战栗

路灯，光芒依稀
像走远的霹雳垂首，代表着
劫后的谦逊

2013.08.06
夜

芦 苇 荡

这开遍天边的秋水
大片的芦花
一路追随
掩映着细弱的水声

出没于苇荡深处的小木船
长桨摆动
船夫如豆

只有风在苇尖上游走
隐形的水

托着芦苇
仅仅为了给水天之间的浩渺
一个生动的写意
如某位仁者
藏身于繁华之下
静静地望出去
然后
涟漪泛起
有所思

短桥摇晃于湖面上的黄昏
那是谁,正在挽谁的手
从桥上走过
又隐没于
芦苇和竹林交错的合围里
低语随风去

如同一帧古画长轴
颤动
薄如蝉翼

悬在
高速公路出口的外面
像一个偶然

2013.11.02
常熟市沙家浜

西　北　行

大漠戈壁的灰黄色，是看不到尽头的
沙棘和红柳，从来都在干渴中艰难生长
命运，让它们长不出逃离的翅膀

嘉峪关，敦煌莫高窟，连绵在夕照里
展览着沧桑，即使经历无数个早晨
它们依然属于黄昏，属于晚祷的钟声
风云消散后的深深寂寞
从未消散

现在,亲爱的,你雀跃着飞去了
穿越何止千年,大西北的遗存,一一收入画框
路过的风景,只是驻足
你,决不留下

历史的负担,化作细沙和尘埃
丝丝缕缕,飘浮,落下
扩大着荒漠的苍凉

你,踢踏着轻盈舞步,站在了垛口
这散落于大地的档案,层层叠起
你的出现和招手,却在不经意间
封存了纷繁的过往

飘动如飞的,是你肩上一袭红披风
席卷大片黄沙,待它们尘埃落定

你,独自怒放

2016.07.03

出　站　口

雨雾中的车站广场空旷
男子撑伞,独自徘徊
一个焦灼的迎候

天边外
高铁正载来一朵白云的爱情
神速,却悄无声息

出站口,她的明眸
淡淡一笑,隐去疲倦无数
蜿蜒于站台后面的万水千山

遁于无形，略去多少千回百转
只报送
一个静静的平安

陌生城市，徐徐敞开深幽的地铁
护送十指相扣的手
没入茫茫人海
像收藏一个夏日的秘密

2014.06.25

冬至的太阳

冬天这样冷,连太阳也冻得没了力气
他从黑色树林后面,艰难地露头
犹豫着,是否继续往高处走

从前是十颗太阳在天上,如今
只剩下一颗,也渐行渐远
似乎一直打算着,抛弃我们

在我和太阳之间,隔着一道残破的栅栏
栅栏内,是废弃的公园,假山,冰湖
公园外侧的远处,是立交桥上

零星的车影。是桥那边，低矮的丛林带
逶迤。
我的目光，这投向太阳的旅程
低回中，布满了参差的万物

在天空接近大地的部分，雾霾
和雪粉混杂一处
太阳尝试着，摆脱它们的合围
就像要从一片浑水中，打捞自己
他现在没有光芒，只有光晕
稍稍胜过下面，即将熄灭的
一排路灯

太阳，瑟缩着走向中午，和傍晚
他似乎倦怠了，早早收工
漫长的黑夜，和无边的大雪覆盖了他
和遗落在大地上的，我们

但谁会忘却太阳的样子,我们坐在屋子里
惦念着他。虽然彼此没有提起

此时,他或许在沐浴,蒸汽升腾
从远处看,就是翻滚着的白云
和纷纷扬扬的大雪
窥视的星星,说太阳
正在遥遥地更衣,从未
沉沉睡去。他将带着洁净的光芒
回来

海边城堡

我的兄弟把自己囚禁在海滨城堡
已经很久了

他放逐了尘世

在月色里遥望
海天之间
城堡黑黝黝地站着
一言不发

我猜他在里面踱着步子
或者，静静坐着
不知身下是否有一堆
可以随时点燃的干草

据说他已不再暴躁
他的思想早已漫过城堡高墙
连通了大海
而城堡自身，是平静的

风已经停止
他，把自己变成了一个绅士

车过松潘古城

鳞次栉比的在瓦屋顶
屋顶上起起落落的褐色鸟群
在一抹夕阳残照里
颤动如一首低回的凉州词

高高的古城墙
像历史那么斑驳而厚重
行走于窄街的藏民
仿佛漫步于一帧老照片里
栈桥凉亭上,三三两两喝酥油茶的老者
以及石桌上的棋盘

游走着秋月春风

这是青藏高原险峻的边缘
这是九寨沟一脉流淌的余韵
那个叫孔雀蓝的海子
映照着眼前一一闪过的
高原人黑红色的面庞

过松潘古城
一车的游客
都屏住了呼吸

霁虹桥

蒙蒙烟雨中的桥头堡
以方尖碑的造型
携起铁栅桥栏
金属铸造的花盏灯座
和那些涌上来又退下去的一张张无名者的面孔
凸现于三区交汇处
制止了城市的健忘
并且努力地弓起腰身
抬高着
道里地平线

曾经,它的四周环列着教堂群落
尼古拉、伊维尔和索菲亚门
将祈祷的钟声
扩散到整个城市的上空
如今,那些伙伴
一座座,离开了他的瞩望
有的,像战舰沉没于时光的底部
有的,掉入水泥森林不断膨胀的巨大阴影

霁虹桥,像一个幸存者
不停地抖落身上的风沙、烟尘、雨滴和雪粒
仿佛一身盔甲
以强大的缄默
见证着从历史深处延伸过来的铁轨
高铁时代下的火车穿过桥洞的声响
一天天弱下去
细细的轨道像一大捆被打开的电缆线
散落在桥涵两侧

光斑闪烁

天边的任何一道彩虹都是可以散去的
霁虹桥，你却不能
你这架设于人心制高点上的彩虹
每一寸钢筋铁骨都在拒绝着云的飘浮
护佑城市魂的意志令你一直翘首

时间的大雾
正在无声地退却
仿佛为你解下雨后的斗篷

2013.07.02

渐渐低下去的风景

登上山巅
就像山岗把我高高地举过他的头顶

就像小时候
偶然蹦到父亲的肩膀上
获得了
一个俯瞰的高度

豁然开朗的视野里
高速公路变成了一条细线
两侧的村庄

一排排红色屋顶
赫然跃入眼帘
提升了北方大地的气度
雪白的梨花开遍院落

远远近近蓬勃的灌木丛和松枝
戏弄着浩荡的风
夕阳,正从远处碉堡一样的楼群里
挣脱出来
像得以放风的某位女囚
跳荡于连绵起伏的丘陵
在落入黑暗之前
把最后一朵灿烂的红颜
留在世间

我在驾车返城的路上
无法回望
留在身后渐渐低下去的山岗

就像无法正视父亲颓然的脊背

当万家灯火在前方陆续亮起的时刻
郊外的群山
却匍匐起钢蓝色的身躯
在四面合围过来的夜幕里
陷入沉思

2013.05.11

海　之　夜

在夜的海上,一下子拉近了
与星辰的距离
每一颗,都低低悬挂
仿佛伸出手去,就能叩开
天堂的窗棂

海浪,起伏着腰身
像壮汉们奋勇争先的泳姿
只露出宽阔的背脊,却无暇
抬起头来

哦,激情不止,必是源于
一簇簇垂直的星光

岸上森林,远了
模糊成一带晦暗的影子
枝叶间风声的呜咽,归于平息

今夜,我只肯停泊海上
我要舍弃陆地的衣装,鞋子
和油汗的污浊,莫名的气恼
任蓝色奔涌,荡涤
我从心底,发出舒畅的笑声

星语,一直被涛声淘洗
愈发晶莹,她的天籁之音
从依稀可辨,趋于清澈
抵达我
清静下来的耳鼓

远去的森林和陆地,无缘倾听
在刻板的固守中,被向前奔跑的海
抛弃
我,该怎样消弭
海陆之间
这几乎绷断的遥遥距离

海水和星星,倾诉在每一个夜晚
原来,从未停歇
仿佛天上的奥秘
到了快要揭晓的时刻
我,连同
已打开天眼的灵魂,即使有岸
也不再回头

从碎裂的银白色中苏醒

把这些受伤的日子
一一包扎起来
垛成积木般的一座小山
置放于无遮无拦的窗外
那望不到尽头的冰原

这些个日子
既像冬眠,又像要被慢慢风干

某一年
直到某一年,睁开眼睛

它们将要从碎裂的银白色中苏醒
却不再有眼泪,也没有鲜血渗出

只以一副副瘦而硬的骨架
支撑
告诉尚未出生的你,什么是耐心
与期盼的力量

2014.11.01

雪湖,大年初一所见

岸边木制长椅,一位老妇人独坐
似乎很久了,椅背落满了雪

拐杖丢在地上
轻轻地,我帮她拾起
递到她手上

她透过流着泪的薄幕,看雪湖栈桥
曲曲折折,有行人剪影
向远处移动
她眼睫一直晶莹闪闪,却忘了

以苍老的手拭泪
夕阳,在井架上孤悬,张望着寂寥的湖面
犹疑着,不肯降落

雪 蝴 蝶

她们,成群结队
从天国飞下来。扑簌簌地飞
落在黑色枯枝上,落在高原,河面和沟壑中
落在户外任何一片地方,还
落在你家的窗棂,点亮你的眼睛

从高处抵达地面,这飘摇的
漫漫旅程,无所不在的风
身形轻盈的她们,牺牲了多少姐妹。
落地,她们把彼此的翅膀
连在了一起,整个大地,被染白了

在灰暗和死寂中,大地僵硬无比
而现在,雪蝴蝶,带来呼唤般的舞蹈
和无边的温柔
大地,这是你从未披过的银色大氅
和迎风怒放的节日

为何,却踏上来你们纷乱的皮鞋和靴子
更不要说,无所顾忌的车轮
从四面八方赶来,反复倾轧的辙印纵横着
看不见怜悯

雪蝴蝶,天真的舞蹈
只剩下碎裂中,微弱的呻吟

江边候车

公交车从缓坡升起,像北风中
一朵蓝白色相间的气球
慢镜头地近了,车厢越来越大
以特写的方式,充满了
哈尔滨的冬天,这城市的封面

教育书店,酱紫色葱头圆顶
挂着欲飞未飞的雪
防洪纪念塔,被罗马柱悉心环绕
鸽子们,起起落落,一个都不曾离去
万达影院和凯莱商务酒店,吞吐着

穿冬装的人流。他们
兴冲冲奔向鸽群

采冰块的人们,在江心节奏整齐
躬身,站起,举臂
钢钎挥动的光耀,缀满了
冰面,仿佛一场男人的舞蹈
有力的雕塑,动了起来
几天以后,将有冰雪城堡群落
从这些冰块中,诞生

是否该发出邀请,外地朋友
都已等不及了。而我,像往年那样
留在这儿,等待
我早已卸下了翅膀,残羽零落
变白,化作两鬓的霜

我自己,正在长成一株城市标本
混迹于候车人群里。而从前
我一直抗拒

等慢吞吞的公交抵达,这份期待
令我心安
中学生举起手机拍照,他是否把我
和城市一起,收进了画框

弯月故事

弯月,一把冷冷的刀子
被谁投掷在天幕正中,然后静止不动
似乎等着,收割谷粒一般的星光

寒夜,这摸不到边沿的冰窖
以巨大的体积,膨胀
唯有刀子,清冷中,挑开暗蓝色肌肤
泄露了天外,星星点点的秘密

但是,它并不挑落,这整块的幕布
或许不想,让你懂得更多天外的事情

薄薄的锋刃,却有水意溢出
滴落着。
冷冽于你的指尖。这馈赠
是一份什么样的骄傲

父亲的清晨

疏离的树木,碳素般的稀疏枝条
以青灰色,勾勒冬日
清晨的轮廓
高速公路,跑道一样
也泛着同样的色泽,似乎
欲言又止
在路的尽头,父亲先于太阳出发
那是一种更轻盈的
上升

卸下拖累一生的辎重
比日日重复起床的太阳,更少负担
悲喜、烦忧和牵念的标签
被一一扯下,扔还地上的烟囱
露出
隐藏于肋下的翅膀
天空,打开层叠的云路

在飞升中,抽泣的人群
和泪光中的仰望,都渐渐远了
大地,和它摇篮里的故乡
旋转着收缩,消隐于无涯的蓝色里

2018.02.25

下 午 咖 啡

黄绿相间的无轨电车,载着爱情
和一对长辫子,驶过老照片里的时光
消失在咖啡街角。这,令他怀念
他想,除了葬礼
万物离去的告别仪式,都在哪里一一举行?

譬如无轨电车,停泊在了哪一个年份
被谁的大手和铁锤,一一拆解
丢弃在秋日的午后?
他以目光轻抚狭长街面,无法记起

面包石街道，失去无轨电车许久的伙伴
躺在流年的夕照里，回忆如光影斑驳
渗进石头缝隙，和忘川
是哪一年从车顶飘下的柳叶，悠悠
落在杂志的封底，便不动了

街边的咖啡卡座上，一个中年人，独自啜饮
对面巨幕影院，涌出一群散场的年轻人
快乐地四散。他怯怯地望着，似乎想
拉住其中的某一位，说点什么
但最终，他没有起身

2018.03.24
哈尔滨，果戈里大街

鼓楼初春

元朝的鼓楼外面，窄巷子曲曲弯弯
行人撑伞，低头穿过中午的雪
老榆树们的枝杈，一路逶迤
撑开灰蒙蒙的天空，模糊着古与今的界限

仿佛忽必烈的马，还拴在院落里
鞍辔和弯弓上落满雪花
对面，什刹海深深，有灰色屋瓦的房脊
起伏着时间里的微澜，但
看不见人影出入

几个外省来的汉子,从出租车里下来
扑打着身上的雪,说这里可真静啊

2018.03.17